ISILANDIA

merinella

Florlin

Premessa

Questi racconti sotto forma di fiaba, richiamano le leggende più belle del mondo, i miti fantastici greci. Il secondo racconto è ambientato nel parco delle Alpi Apuane, terra dove sono nato e che amo.

Mi sono limitato, con la mia immaginazione, a rendere usufruibili anche per bambini, tali leggende, in quanto costituiscono la base della nostra cultura. Con l'aiuto della fantasia di mia figlia, abbiamo scelto i nomi della fiaba; riporto per correttezza quelli originali. Ogni deviazione del mito non è dovuta a ignoranza ma a libera interpretazione. Con il piacere di avere vostre osservazioni, cari lettori, piccoli e grandi, vi auguro un piacevole intrattenimento, e che la vostra fantasia navighi con la mia fiaba in un magnifico sogno.

Ringraziamenti

Al Prof. Enrico Marco Cipollini per l'aiuto e la formazione di questi anni.

A mia moglie Daniela, che mi ha sorretto nei momenti più bui della vita.

Alla Poetessa, Maestra dell'infanzia e di vita, Egizia Malatesta che mi ha indirizzato nel meraviglioso mondo della poesia.

A Donatella Ricci che ci è stata vicino con la sua dolcezza, come solo lei sa fare.

All'amica, Antonella Ronzulli per i suoi consigli.

A Serena Latini, Annamaria Pecoraro e a tutti i soci dell'Associazione Nuovi Occhi Sul Mugello, di cui faccio parte.

A Maya Remorini, la mia piccola lettrice e critica .

All'artista Marinella Buffa che ha curato tutti i disegni.

Breve presentazione

È la nascita fantasiosa della città di Troia, cantata da Omero, il più grande poeta del Mondo nell'Iliade. Si chiama Iliade in quanto Ilio è la rocca della città, ovvero dove c'era il tempio e le magistrature principali. Distrutta e conquistata dai nemici.

Noi leggiamo il poema di Omero sotto l'ottica fantasiosa: Paride premiato da Venere, dea dell'amore, fa innamorare Elena, moglie del re greco Menelao. E tale donna fugge a Troia con il suo innamorato. Per vendicarsi dell'affronto subito, Menelao fa presente la situazione di disordine ai principi greci, i quali si coalizzano e vogliono punire la città di Paride o Troia. Da qui nasce l'Iliade. Le guerre tra i Greci e i Troiani ci furono veramente ma per motivi economici; però Omero descrive in maniera mitica le origini e la fine della guerra.

Chi è Lameodonte? Nella fiaba chiamato Red.

Era figlio del fondatore di Troia, ma a differenza del padre, aveva il brutto vizio di promettere senza mantenere la parola data. Troia, aveva bisogno di essere recinta di mura per proteggersi dai nemici. Lameodonte pensa bene di chiamare a costruirle, vari personaggi famosi e abili. Però riesce ad ingannare tutti, eccetto

Ercole, (Cornellius) al quale egli promette dei cavalli, in quanto l'eroe greco non si interessava di soldi. Finite le mura, grazie alla forza inumana di Ercole, chiede a Lameodonte (Red) i cavalli, come promesso. Però, tale, finge che gli siano stati rubati e Ercole si adira e lo punisce con un colpo di clava, uccidendolo. Maggiori particolari e lo svolgimento dettagliato della leggenda si trovano in tale fiaba, frutto della fantasia di Luciano, aiutato dalla figlia, nel guardare in modo odierno lo svolgimento della leggenda che ancora è valida, in quanto ha un morale: le promesse vanno mantenute, prima di dare la propria parola d'onore bisogna rifletterci, in quanto è in gioco la dignità dell'uomo. Chi promette e non mantiene, può farla franca e non finire in maniera misera, come Lameodonte, però non si può sfuggire alla nostra coscienza e al nostro senso dell'onore. Fiaba godibilissima quella del Manfredi, ha il merito di ricordarci una delle leggende più belle del mondo, con linguaggio semplice tipico dei ragazzi che devono riscoprire, tramite miti e leggende, il nostro patrimonio che risale a ben 3000 anni fa ed è attuale

Enrico Marco Cipollini

Personaggi a cui ho cambiato il nome

Tiglio	Ilo
Red	Laomedonte.
Florlin	Esione
Lucis	Apollo
Corallus	Nettuno
Atena	Atena
Cornelius	Ercole
Pan	Pan
Zeus	Zeus
Circe	Circe
Aracne	Aracne
Brontis	Bronte
Marte	Marte

Psittacus   Pappagallo cenerino

Anteo   Anteo o Gigante

Isilandia   Troia

*https://it.wikipedia.org/wiki/**Troia***   **(Isilandia)**

*https://it.wikipedia.org/wiki/**Esione***   **(Florlin)**

*https://it.wikipedia.org/wiki/**ILO***   **(Tiglio)**

*https://it.wikipedia.org/wiki/**Marte***   *(Marte)*

A mia figlia Martina,

la gioia più grande

della mia vita

Le promesse vanno mantenute

Migliaia di anni fa, quando i fanciulli andavano a scuola e scrivevano su dei cocci, oppure su tavolette cerate per ricordarsi le lezioni dell'insegnante, non esistendo i libri, una popolazione nomade si era fermata sulle coste dell'Asia meridionale. Il mare limpido e pulito, oltreché a favorire un clima dolce, offriva a questa gente stanca, pesce in quantità. Inoltre le colline prospere di boschi e di selvaggina, potevano dare un'accoglienza straordinaria. Questa popolazione era guidata da re Tiglio, il quale incantato dalla bellezza e ricchezza del luogo, decise di costruire una città per i suoi uomini. Dalle grezze e scomode capanne, fece sorgere alti edifici in pietra, templi bellissimi, giardini stupendi per i bambini e le donne.

Nel bosco, in un punto incantato viveva una fatina di nome Flawins, nessuno lo sapeva ma sarà una grande protettrice di questo popolo.

La città di re Tiglio fu chiamata Isilandia. Era
così sorta dal duro ma sereno lavoro dei suoi abi-
tanti e dalla saggezza del proprio re dove tutti tra-
scorrevano pacificamente la loro vita. Purtroppo,
non sempre una pianta sana dona ottimi frutti; è
il caso del re Tiglio, il quale, pur possedendo
tanta saggezza, aveva un figlio sprovveduto,

Red.

Red, era bello e robusto, aveva il viso rosso rosso, ed è per questo che il re gli aveva dato questo nome. Aveva un grave difetto: non mantenere la parola data (e questo un tempo, come d'altronde oggi, era un fatto deplorevole). Morto il buon Tiglio, Red divenne re di Isilandia. I sudditi ricordavano con amore, affetto e stima l'onestà del padre, cosicché il figlio Red, o per invidia verso il padre o per mania di grandezza ed essere ricordato dal suo popolo, volle cingere la città con delle forti mura da scoraggiare qualsiasi malintenzionato. L'idea era saggia e la mise subito in atto:

«Chi meglio del re del sole "Lucis" e del re del mare "Corallus", avrebbe potuto costruire mura invincibili?».

Così pensò Red e convocò subito i due re amici, i quali accettarono l'invito a costruire le mura dietro un forte compenso. I tre si strinsero la mano per l'accordo. Lo sprovveduto Red non pensò però se possedeva tutto quell' oro, come

avevano chiesto i re, ma ormai aveva dato la sua
parola d'onore che avrebbe pagato ad opera fi-
nita.

Lucis *https://it.wikipedia.org/wiki/**Apollo***

Corallus *https://it.wikipedia.org/wiki/**Poseidone***

A Isilandia si festeggiò l'avvenimento e tutti brindavano al nuovo re. Red contento di essere acclamato, festeggiava la sua brillante idea che ora era concretizzata nel suo palazzo, assieme ai suoi due figli, la graziosa Florlin e il piccolo Franz. Dopo la festa, Lucis e Corallus si presentarono al Re isilandino per ritirare le casse colme d'oro, come era stato concordato. Red rispose di non averle; anzi minacciò Lucis e Corallus, che disgustati dal comportamento disonesto del re, sparirono. Red, contento di sé, inconsciamente si beava della sua cattiva azione e, fregandosi le mani una l'altra, mentre ammirava le mura, ripeteva sghignazzando:

«Questo grande lavoro l'ho avuto gratuitamente grazie alla mia astuzia».

Red si beò ma per poco: il mare cominciò stranamente ad agitarsi, sempre più ad invadere la terra, a sommergere i bei campi seminati e tutto ciò che incontrava. Sembrava volesse inghiottirsi ogni cosa. Le onde impetuose giunsero fino alla città, travolgendo vecchi, bambini, donne e uomini.

L'acqua inondava con forza tutto, e gli isilandini dovettero rifugiarsi sui tetti più alti dei palazzi. Lo spettacolo era agghiacciante: bambini, donne e tutti i sopravvissuti, tremanti, piangevano disperatamente per la paura, il freddo e la fame. Anche Red si era rifugiato con i suoi figli sul tetto della torre reale e supplicava Corallus, re del mare, di salvare lui e la sua gente.

Le grida disperate dello sprovveduto re isilandino giunsero alle orecchie del re Corallus, il quale si erse al di sopra delle acque tempestose. Alto, forte, tutto spettinato e con una lunga barba bianca:

«Questo non è nulla, morirete tutti affogati!».

«No, ti prego, ti scongiuro! Ritira le acque e ti darò ciò che ti spetta e tutto ciò che posseggo», supplicò Red.

Ma il re, non fidandosi della parola del vile monarca isilandino, sopraffatto dalla rabbia ma tuttavia conscio di ciò che gli era stato promesso, dettò questa sentenza:

«Io Corallus, re del mare, farò ritirare le acque ma in cambio voglio che tua figlia Florlin sia legata ad uno scoglio affinché un mostro marino la possa divorare: solo questo sacrificio potrà calmare la mia giusta ira».

Detto ciò, Corallus scomparve.

Pian piano le acque cominciarono a defluire verso la spiaggia, Red, disperato, cercò di proibire che la povera figlia si sacrificasse, ma Florlin, più coraggiosa ed onesta del padre, per la salvezza della sua città si fece legare alla rupe vicino alla spiaggia. Ormai il mare si era calmato e le acque ritirandosi avevano sgombrato Isilandia, lasciando dietro di sé un panorama di terrore. Sulla battigia la bella Florlin stava aspettando il mostro marino. Ed ecco apparire la fatina:

«Non aver paura principessa, non è giunta ancora la tua ora; quando sarà il momento interverrò io ad aiutarti».

Red piangeva disperato e tutti gli isilandini sentivano pietà per la povera fanciulla che stava per essere divorata ma erano impotenti dinnanzi al

serpente marino che, spaccando il mare in due
partì, si alzò, emettendo urla terribili.

Il mostro era orribile, dalla sua testa piccola e vi-
scida spuntavano denti aguzzi e lunghi. La sua
coda si dimenava per la gioia, vedendo la giovane
che avrebbe sbranato. La poveretta aveva chiuso
gli occhi per non vedere l'immondo animale e
aveva perso ogni speranza, tuttavia un lumicino
in fondo alla sua anima le diceva che la fatina sa-
rebbe tornata per salvarla e, sentiva il fiato caldo
del mostro che si avvicinava sempre di più. Florlin doveva essere protetta da qualche divinità perché Cornelius, sentendo le urla brutali del mostro, giunse subito a Isilandia. Cornelius, gigantesco e muscoloso, era avvolto dalla pelle di un
leone e osservando la triste scena, si presentò al
padre di Florlin, re Red, offrendogli casse stra-
colme d'oro, oggetti preziosi e spade se avesse
salvato sua figlia, ma il burbero gigante rispose:

*«A me l'oro non serve e neppure il ferro, ho que-
sta!»,* alzò orgoglioso una grossissima clava, così
continuando: *«So che tu possiedi due stalloni!».*

Il re rispose:

*«Ebbene Cornelius, se salverai mia figlia dalle
fauci di quell'orribile mostro, ti prometto che sa-
ranno tuoi».*

Cornelius con la sua clava s'avviò verso la spiaggia. Gonfiò il torace e fece roteare con forza inau-
dita la sua clava infallibile che assomigliava ad
una pianta di quercia contro il serpente marino.
Dopo una estenuante lotta, il mostro cominciò ad
emettere sangue dalle fauci. Ma Cornelius, finché non lo vide morire, non si fermò; poi slegò la
eroica figlia di Red, finalmente salva.

Il gigante, dopo essersi lavato dal sangue del serpente, andò da Red, il quale lo accompagnò nelle
sue stalle, per fargli scegliere i cavalli che gli
aveva promesso. Cornelius stupito non trovò i cavalli ed infuriato per essere stato ingannato, giurò
vendetta.

Infatti non sbagliava sulla mancata parola del re. Red, non aveva mantenuto la promessa, facendo nascondere i cavalli che gli aveva regalato un amico potente. Come sempre la disonestà è una cattiva consigliera. Un giorno, un soldato isilandino avvistò un esercito guidato da Cornelius e avvisò prontamente il suo re. Red non si preoccupò affatto; ordinò all'esercito di tenersi pronto ma aggiunse che non c'era alcun motivo di pericolo:

«Le mura sono indistruttibili per qualsiasi uomo!», esclamò con ordine secco ai comandanti isilandini ma stava dimenticando che Cornelinon era un uomo, bensì un gigante. Intanto i soldati isilandini, armati di archi e fionde, dalla cinta delle mura scagliavano frecce appuntite e pietre per arrestare la marcia dell'esercito guidato da Cornelius. Gli isilandini, protetti dalle mura, non facevano avvicinare il nemico. Il gigante nel frattempo capì che se avesse voluto vincere, avrebbe dovuto fare entrare i suoi soldati nella città e con un colpo di clava ruppe il muro; subito

Isilandia fu espugnata. Nelle vie della città, mentre i guerrieri combattevano contro gli isilandini, il gigante cercava avidamente il re. Lo vide protetto da una corazza e armato fino ai denti, e subito gli fu addosso. *Red non poteva reggere la furia del gigante e cominciò a promettergli ogni cosa se lo avesse salvato ma il Cornelius, non fidandosi dalle sue false promesse, gli stroncò la vita con un colpo secco di clava. Così le promesse non mantenute possono portare alla disgrazia non solo un uomo ma la sua famiglia e, in questo caso, una intera città.

*https://it.wikipedia.org/wiki/**Laomedonte** (Red)

In effetti gli isilandini furono fatti prigionieri e Florlin, la figlia di Red che scontava le malefatte del padre, doveva essere data in sposa ad un nemico del suo popolo. Ma a tal punto arrivò in aiuto la fatina Flawins che la portò a riparo nella sua casa nel bosco che era nel fondo di uno stagno in una grotta. Lì c'erano giardini fioriti, alberi, pianure immense e montagne dove la vita scorreva senza tempo. Lì c'era un principe che precedentemente era stato salvato dalle malefatte del padre ed era stato promesso in nozze ad una donna di una città nemica. Il principe di nome Rayt abitava in una casa sulla montagna innevata dove c'erano ruscelli limpidi ricchi di pesce, gli faceva compagnia, Ino, il fido Maialino. La fata Flawins fece in modo e maniera di far incontrare il principe e la principessa, mettendosi d'accordo con il suo amico orso, di nome Sorso, per andare a rapire - per così dire - la principessa, dato che lei non sapeva nulla dell'esistenza di altre persone.

La fatina chiamò la lucertolona Calmina, con il suo calesse dorato. La lucertola, oltre a nutrirsi di insetti, era anche un'ottima scalatrice e, visto i pendii per arrivare dal principe, la fatina scelse Calmina, perché se sceglieva Lentina erano pene, visto che era una pigrona e ci avrebbe messo dei mesi per giungere. Calmina arrivò dal principe e lui incuriosito si avvicinò e vide sul calesse il biglietto della fatina che lo invitava a una festa nella valle. Invitò Ino a salire sul calesse. La lucertola spiccò il volo, sì proprio così! Aveva le ali ma le poteva usare soltanto dall'alto della montagna perché da terra non riusciva a spiccare il volo in quanto era piuttosto grassa. Il fiume che scendeva dalla montagna andava a sfociare nel lago proprio dove il principe era atteso. Nel frattempo la fata con la sua bacchetta magica imbastì un banchetto sotto un pergolato; tutto intorno risplendevano miriadi di rose e rosse fragole che si mescolavano al verde prato, specchiandosi nel lago. Il principe era il figlio del nemico ma di ostile nulla aveva. Arrivò Calmina dal cielo con Ino, il principe Rayt, e Sorso, l'orso, con la principessa Florlin.

Sorso

Calmina

Ci fu subito intesa tra i due ma il pensiero della principessa Florlin era rivolto alla sua gente che andava avanti a stenti, visto l'incapacità di Cornelius di governare Isilandia. Il padre di Florlin, re Red, le diede una busta chiusa che doveva essere aperta in caso di morte dello stesso re . La principessa lo conservava in uno scrigno ed era giunto il momento di aprire quella busta; con il principe l'aprirono, dentro c'era una mappa che indicava un vicolo che partiva dalle segrete del castello ed andava sotto il mare fino ad arrivare ad una caverna che si trovava sotto un piccolo isolotto, davanti ad Isilandia. Il problema era come sconfiggere Cornelius. Florlin e Rayt si misero al tavolo sotto la pergola per escogitare un piano. Alla principessa venne in mente un'idea:

«Perché non cercare di coinvolgere il re del mare Corallus e del sole Lucis?».

Il principe non era tanto convinto perché se avessero contattato i re potevano rischiare di far scoprire il nascondiglio della fatina. Ma fu proprio lei ad insistere:

«Vi porterò qui i re con la magia: dentro una bolla di sapone ma dura come il ferro; così non potranno fare nulla di male».

La fatina mantenne quello che disse e portò i due re dinnanzi al principe e alla principessa. Lucis, quando vide il principe Rayt gli brillarono gli occhi mentre Corallus era indifferente e arrabbiato.

Il principe parlò con loro del gigante e la loro risposta fu:

«Non c'è più tiranno di un tiranno! Red lo era ma questo ancor di più». La fatina sciolse l'incantesimo e la bolla si dissolse, liberandoli. Lucis andò dal principe:

«Figlio mio ti ho cercato per mare e monti, dove eri finito?». Il principe in un primo momento rimase sorpreso ma, nel frattempo, la fatina si intromise:

«Sono stata io a prendere il principe, perché tu l'avevi promesso a Red ed io l'ho portato al sicuro». Lucis pianse:

«Potrai mai perdonarmi?»

«preoccupiamoci di salvare Isilandia dal tiranno!» esclamò il principe.

Lucis e Corallus riunirono i loro eserciti e attaccarono il castello; Cornelius resistette finché non rimase solo e si arrese ai due Re. Aveva lasciato miseria e povertà a Isilandia: tante persone morirono di fame. Il principe e la principessa, accompagnati dalla fatina e da Calmina, si recarono al castello, lasciando Lentina e Ino, il maialino, di guarda nella grotta in fondo allo stagno. Finalmente era giunto il momento di scoprire cosa si nascondeva sotto l'isolotto. Lucis e Corallus dissero:

«*Andiamo noi. In un battibaleno scopriremo cosa c'è di così importante sotto a quell'isolotto*», la principessa invece così parlò:

«*No, andremo io, il principe e Lentina*».

I due re erano un po' contrariati ma acconsentirono. Scesero nelle segrete del castello e seguendo la mappa arrivarono a un muro con delle fessure: dalle stesse fuoriusciva luce, ciò significava che dietro c'era qualcosa. Tutti insieme cominciarono a toccare le pietre, ed a un certo punto una di queste andò verso l'interno facendo aprire l'intera parete. Da lì partiva il sentiero. Era scavato nella roccia con corde robuste fissate sulla parete; erano state fatte da Red per non far rischiare a coloro che lo avessero percorso di cadere nello strapiombo. Incominciarono a scendere per delle scalinate che passavano dentro a delle gallerie di vetro interrotte di tanto in tanto da cupole e tutto intorno il blu del mare smeraldo di Isilandia. Il re Red aveva pensato proprio a tutto per far giungere sua figlia all'isolotto ma non aveva pensato di inserire nella mappa un pericolo. A guardia della caverna, che si trovava nell'ultima cupola, grandissima e altissima, costruita in vetro e rivestita di diamanti, c'era il drago Faracus. Era un drago da guardia reale con lo stemma di Isilandia impresso tra i due occhi con il fuoco: esso era l'immagine della principessa Florlin con la corona da regina. Per cibarsi usciva da un passaggio dentro la caverna che portava nel cratere spento dell'isolotto. Il drago non era cattivo ma erano anni che non vedeva essere umano, usciva la notte per non farsi vedere, andava a caccia, poi rientrava.

Quando si avvicinavano imbarcazioni, dall'interno del cratere spento, eruttava fuoco dalla sua grande bocca per far credere che il vulcano fosse attivo, così gli intrusi, spaventati, si allontanavano. Il drago aveva 22 anni proprio come la principessa. Arrivarono nell'ultima cupola, il drago, sorpreso si alzò sulle gambe pronto a eruttare fuoco ma la principessa disse:

«*Faracus, fermo*» e Faracus si bloccò. La principessa disse piangendo:

«*Sei proprio tu!*». Il drago era compagno di giochi della principessa e il re Red sapeva bene che l'avrebbe riconosciuta, per questo non aveva inserito nella mappa il pericolo, solo la principessa avrebbe avuto la possibilità d'entrare nella caverna mentre era proibito a tutti gli intrusi; nessuno avrebbe potuto varcare la soglia dell'ultima cupola. Il drago si quietò e la principessa lo accarezzò: «*Quando torneremo al castello tu verrai con me*».

Entrarono nella caverna, seguendo la mappa e arrivarono a una porta di vetro nera, l'ultima. La chiave non c'era, ma Faracus attirò l'attenzione

della principessa su se stesso: aveva una colla-
nina dorata intorno al collo e la chiave risplen-
deva. Il drago si chinò e la principessa prese la
chiave scintillante e la inserì; la porta si aprì e un
bagliore quasi accecò tutti i presenti: la caverna
era colma di diamanti, un tesoro.

Batteva a mille il loro cuore e un bacio suggellò
l'amore tra Florlin e il bel principe Rayt. Il loro
cielo mai fu rosso di vergogna ma pieno di az-
zurro e di luce.

La principessa Florlin sposò il figlio di Lucis a
cui era stata promessa, sfamò tutto il suo popolo
e regnò felice, insieme al principe Rayt, ai loro
cinque figli, al drago, l'amica fatina, al maialino,
alle lucertole, all'orso e ai due re amici Lucis e
Corallus, e vissero altre mille avventure.

Faracus

Ino

La regina Florsin

e i folletti del Pizzo delle Saette.

Nel castello di Isilandia si celebra un evento speciale: l'incoronazione della principessa Florlin. Lei è molto generosa, a differenza del padre Red. Ha fatto costruire a ridosso del castello, case nuove in quantità sufficiente per tutto il suo popolo e nella parte posteriore ha donato campi per la coltivazione. Alla cerimonia che si svolge nella torre più alta, sono presenti: il padre del principe Rayt, re Lucis, l'amico re Corallus, il fido amico Ino, il maialino compagno di mille avventure. La fatina Flawins segue la cerimonia in groppa a Faracus che volteggia intorno al castello. Anche le lucertolone Lentina, la pigrona e Calmina sono presenti, non manca proprio nessuno. Ma eccola; uno splendore, con il suo abito che visto dal basso si confonde con le nuvole in cielo, i suoi occhi di cristallo verdi come i prati che ha donato al suo popolo, colmi delle sofferenze vissute ma ormai trascorse. Il suocero Lucis, pone la corona sul capo della principessa la quale diviene Regina e, a sua volta, visto i poteri e la sua sensibilità, incorona Rayt, re.

Sul *Pizzo delle Saette abitava un grande uomo chiamato Anteo. La leggenda narra che egli era alto più di cinque metri, aveva una barba lunga e incolta. Combatteva contro le streghe che facevano di tutto per impadronirsi delle sue montagne; lui, faceva svolazzare la barba e la usava come arma, facendo uscire da essa delle saette che servivano per far spaventare e fuggire le streghe impaurite; si dice, infatti, che le abbia imprigionate dentro la montagna. Era un uomo generoso ma allo stesso tempo combattente.

*https://it.wikipedia.org/wiki/**Pizzo_delle_Saette***

Ha lasciato i suoi folletti che tutt'oggi difendono il loro bosco e le loro case dalle creature malvage.

Il villaggio dei folletti è comandato dal folletto Neo, scelto dallo stesso Anteo in punto di morte. Si chiama così perché ha un enorme neo ed è talmente grosso che gli copre la guancia e anche il naso. È molto intelligente e ha muscoli di acciaio; ha fatto costruire le case nel grembo di castagni secolari e, nei più alti, ci sono le torrette di guardia.

Da lì, oltre alle stesse montagne e il bosco, si riesce a vedere anche il castello di Isilandia. Il villaggio è circondato da filo spinato, con energia elettrica, per difenderlo da attacchi esterni. L'energia viene fornita da un mulino ad acqua che era stato fatto costruire molti anni prima da Cip, il tutto fare del villaggio. Cip, per creare l'energia, aveva tagliato tronchi di castagno con l'aiuto di tutta la comunità e di animaletti molto

speciali, i Picchitigre, che con il becco lunghissimo, avevano scavato il legno, le pale e l'asse.

Cip, aveva costruito il mulino e la forza dell'acqua, riempiendo le pale, faceva ruotare l'asse collegato a un generatore. Tale, oltre a dare corrente al filo spinato, alimenta anche il villaggio. Non molto lontano dal Pizzo delle Saette, vi è una montagna altissima, talmente alta che scompare tra le nuvole. Lì c'è un Ciclope, Brontis, che fu risparmiato dagli stermini dei suoi simili da parte di Lucis, perché è stato l'unico a non ribellarsi. Brontis ha un occhio solo e un corno al centro della fronte; ha costruito la sua casa nella roccia, in una rupe ripidissima dove l'ululato del vento non smette mai di accompagnare le giornate. I vecchi folletti, in particolare il Poeta, chiama quel posto Rupe Ventosa. Egli, anni prima, aveva portato dei farmaci con l'aiuto del drago Faracus; per fare ciò, aveva chiesto il permesso alla Regina.

In tal posto non c'è bisogno di musica, basta chiudere gli occhi e ascoltare il suono della natura.

Oltre al vento, ci sono anche cascate, falchi, aquile e una sorgente all'apice della montagna; quella è la musica che dice il Poeta. Torniamo a Brontis; egli è molto bizzarro e si innervosisce facilmente; ha permesso una sola volta di accedere a Rupe Ventosa solo perché stava male.

Disse un tempo ad Anteo:

«Distruggerò tutte le creature viventi che popolano Isilandia, compreso tutti i folletti del Pizzo delle Saette».

Brontis ha poteri eccezionali, temuti anche dallo stesso Lucis che lo ha esiliato; dal suo corno esce magma incandescente. Questa lava viene gettata a decine e decine di metri, con schizzi che possono uccidere anche un grosso animale, come un gigantesco mammuth.

Sono diverse notti che fa sentire la sua voce come un tuono che rimbomba, è molto irrequieto e il villaggio teme un suo attacco. Neo decide di spedire un messaggio con il folletto postino Alfio, in groppa ad un aquila di nome Lucy.

Lucy ha delle ali quasi trasparenti come l'acqua del torrente che scorre dalla montagna; ha due occhi bellissimi color del mare, come quello di Isilandia. Il Postino sale sulla sella che è legata tra le ali di Lucy. Tale è molto preziosa, tutta di bronzo, incastonata di perle, estratte dai folletti dalla miniera del Pizzo delle Saette. È stata rifinita da Petri, la folletta orefice, magnifica creatura dai boccoli d'oro e dal sorriso amichevole. L'aquila spicca il volo verso il castello di Isilandia, non muove nemmeno le ali, in un battibaleno arriva nell'aia attesa dal caro amico Faracus. La regina Florlin, avvisata dalle dame di corte, capisce subito che c'è qualcosa che non va e accorre immediatamente. Alfio le consegna la

pergamena scritta da Neo, lei la slega e legge:

«*Regina, urge il suo aiuto, in quanto temiamo l'attacco del ciclope Brontis; è molto irrequieto e dalle sue fauci escono tuoni orribili che svegliano tutti*».

Florlin molto preoccupata chiama Faracus, dicendogli di avvisare immediatamente Lucis e di fare rientrare tutto il suo esercito.

La Regina pensa tra sé e sé:

«*Io che credevo fossero normali tuoni*».

L'esercito rientra subito a Isilandia e anche lo stesso Lucis che si reca subito dalla Regina e da suo figlio Rayt.

Florlin fa leggere il messaggio a Lucis:

«*Strano che Brontis minacci di attaccare il villaggio! - Esclamò - Anche se tempo prima aveva detto ad Anteo che l'avrebbe fatto, è da escludere; lui fa così perché vuole sempre essere al centro dell'attenzione ma sa benissimo che se dovesse fare un'azione del genere rischierebbe di fare la stessa fine degli altri Ciclopi».*

La sera stessa Brontis comincia di nuovo a tuonare ed a eruttare lava dal suo lungo corno; la luce si vede anche dal castello dove la guardia allarmata avvisa Florlin :

«Mia Regina, si vede una luce proveniente da Rupe Ventosa: sembra un vulcano in eruzione».

Florlin convoca di nuovo il suocero per capire cosa stia accadendo. Anche Lucis rimane sbigottito da tanto fracasso e non se lo spiega.

La mattina seguente si sente il rumore del mare e il cinguettare degli uccellini e l'unico strillo è quello dei gabbiani che prendono il volo. Per alcuni giorni tutto tace; poi, comincia di nuovo il fracasso. Florlin convoca di nuovo Lucis che decide di verificare cosa sta accadendo, inviando in esplorazione il Pappagallo parlante Psittacus. Questo è un pappagallo cenerino, reale, ha la lingua più lunga del becco, e per questo non riesce a tenere nulla di ciò che gli viene detto; è un grande pettegolo e sparla di tutti; è diverso dagli altri cenerini, non ha il viso bianco ma nero, non è color cenere come il nome potrebbe far pensare, ma Albino, non ha la coda rossa ma nera, infatti lo stesso Lucis lo prede sempre in giro:

«Parli sempre male degli altri, tu! Invece di un pappagallo sembri una gazza ladra».

*{Sparlare delle persone altrui o di qualunque essere vivente è sbagliatissimo, ognuno ha i suoi pregi e i sui difetti, nessuno ne è immune, nemmeno lo stesso *Zeus, padre di Lucis}.*

https://it.wikipedia.org/wiki/Zeus***

Brontis

Psittacus, l'avrete capito fa la spia per Lucis, anche se ciò è sbagliato, tutti gli eserciti ne fanno uso.

Psittacus si insinua ovunque, quatto quatto come un gatto, è molto furbo e Lucis ha scelto proprio lui per andare a controllare Brontis. Ma attenzione, anche Brontis è molto furbo, il suo occhio può vedere una formica a centinaia di metri, ha una vista che fa invidia alla stessa Lucy, l'aquila. Psittacus si reca a Rupe Ventosa ma nella casa non c'è traccia di Brontis. Lungo le pendici ci sono molte spaccature e grotte verticali, forse è finito in una di queste? Allora sorvola una grotta verticale che è chiamata Buca del Ragno, profondissima; in picchiata vola verso il fondo della grotta, facendo attenzione ai ragni che vi abitano. Uno di questi pesa oltre 45 chili e si chiama *Aracne. Era, Aracne, una bellissima fanciulla, la più abile tessere, ed è stata trasformata da *Atena sorella di Lucis, perché in una sfida che aveva vinto tessendo, si era vantata e aveva preso in giro Atena.

* *https://it.wikipedia.org/wiki/**Atena*** * *https://it.wikipedia.org/wiki/**Aracne***

Aracne, con il passar del tempo è diventata molto saggia, ha una bellissima voce e occhi di ghiaccio tristi. Psittacus incontrandola, le chiede se ha visto Brontis. Lei risponde che ha visto solo uscire del fuoco dal crepaccio *Revel, però non ha osato avvicinarsi perché teme il fuoco. Revel è dimora di streghe e viene chiamato Abisso. Psittacus ringrazia Aracne e riprende a volare verso il Crepaccio. Arrivato sul bordo guarda in basso ma non riesce a scorgere nulla, vista la profondità. Si getta nell'abisso e arriva nel fondo, tutto intorno le case delle Streghe. Vede Brontis; il Ciclope è sdraiato su un letto di marmo e legato con fili di cuoio. Dorme. Il pappagallo si avvicina e lo sveglia:

«Ciao bestione, che succede?»

«Sono stato catturato dalla strega Circe, con un incantesimo mi ha portato qui, ora vola via prima che torni, vai a riferire a Lucis che i miei

tuoni erano dovuti a un mal di denti, poi mi è stato estratto un molare dalla strega stessa».

Psittacus percorre l'Abisso, arrampicandosi con i suoi piedi: infatti il pappagallo oltre ad avere artigli lunghissimi ha delle ventose, sì, ventose come quelle dei polpi; che creatura strana. Si arrampica perché negli ultimi mesi ha fatto banchetti con l'amica Lentina, la sorella di Calmina; sembra un ippopotamo e visto che l'abisso è molto stretto, a differenza della buca del ragno, non riesce a spiccare il volo. Arrivato in superficie, spicca il volo verso Isilandia ma prima sosta al Pizzo delle Saette per avvisare Neo. Giunto al villaggio viene accolto da Neo che gli chiede di cosa avesse bisogno:

«Il Ciclope è nell'abisso, seduto sopra a un grande letto di marmo, legato con corde di cuoio; il tuonare e la luce degli ultimi giorni è dovuto al mal di denti!», esclama il Pappagallo.

** https://it.wikipedia.org/wiki/**Circe***

{Nessuno ha il diritto di rapire, legare, picchiare le persone altrui, la violenza non porta altro che violenza. Solo le forze dell'ordine possono arrestare un delinquente ma nessuno può picchiare un proprio simile}.

Neo chiama tutti i folletti e l'esercito, ordinando la massima allerta. Il pappagallo si mette in volo e giunge a corte, ad attenderlo la Regina e Lucis.

Questi dice alla regina:

«Bisogna sviluppare una tattica per liberare il Ciclope, facendo attenzione a Circe e a tutte le streghe, ma prima bisogna trasferire tutti i folletti a Campo Catino, temo per loro».

La regina dà il consenso. Lucis con il suo esercito marcia verso il villaggio.

Neo lo accoglie e riunisce tutti i folletti nella

grande piazza, sotto il Castagno Parlante . Questo castagno ha oltre diecimila anni ed è il più grande di tutto il Pizzo delle Saette. Lucis appoggia la sua mano al tronco e il castagno parla:

«Il villaggio è in grave pericolo, io re Lucis ho deciso con l'avallo dell'amico Corallus e della regina Florlin, di trasferire tutti voi a Campo Catino, solo lì sarete al sicuro».

I folletti con l'esercito cominciano la loro marcia. Dopo un'ora di cammino le streghe attaccano il villaggio. Le fiamme si vedono a chilometri di distanza mentre i folletti piangono.

«Sono morto anch'io, tanti sacrifici e le streghe hanno distrutto tutto; spero che il folletto Pompiere "Pagone" abbia potuto fare qualcosa!», esclama Neo.

Lucis: *«mi dispiace tantissimo, Neo, la pagheranno cara, ti do la mia parola».*

{Nessuno ha il diritto di incendiare o distruggere la natura}.

Giungono a *Campo Catino. Questo è un piccolo villaggio incastonato tra le montagne con case di pietra e una grotta dove abita il Re pastore, Pan.

Pan ha le corna e due piedi caprini, la notte impasta il pane e il giorno dorme fino a mezzogiorno: guai a svegliarlo o disturbare il suo sonno; è molto permaloso e chi lo facesse rischierebbe di non ricevere più il pane. Il villaggio è contornato da migliaia di piante di peperoncino; le streghe odiano il peperoncino e si tengono alla larga. Lucis riprende la via di Isilindia, salutando Neo:

«Non allontanatevi dal villaggio, non oltrepassate la barriera di peperoncino altrimenti le streghe potrebbero catturarvi».

www.escursioniapuane.com/PaesiApuani/SchedaPaese Vagli**Sopra.html*

Lucis, al ritorno, si ferma dalla fatina Flawins che l'accoglie con un banchetto ricco di pasta, carne, e frutta per fare rifocillare tutto l'esercito.

«Fatina, mi serve un consiglio per affrontare la strega Circe». «Caro Lucis, penso che l'unico che ti può aiutare è il re della guerra, Marte, solo lui potrà architettare un piano per sconfiggere le streghe, ma con il nostro aiuto».

Dopo aver studiato il piano, i Picchitigre vengono accompagnati dal Psittacus nell'abisso, mentre Faracus vola a Campo Catino.

Marte in persona ha chiesto di far raccogliere più peperoncino possibile e portarlo nella zona dell'Abisso. I Picchitigre si recano da Brontis e cominciano a mangiare le grosse corde che lo avvolgono: ci vorrà del tempo per fare tutto ciò, quindi la Fatina Flawins con una magia imprigiona in una delle sue bolle gigantesche le streghe.

Lucis e Corallus, mandati dallo stesso Marte, cominciano a scavare, proprio vicino a Brontis. Nell'Abisso ci sono tanti reticoli chiusi dalle antenate delle streghe, uno di questi porta nel Tartaro. Il Tartaro è un brutto luogo dove il male vi abita, nessuno è mai ritornato dopo che è entrato nel Tartaro. I picchitigre, finalmente riescono a liberare Brontis, il quale dà una mano ai due Re. Infatti le streghe avevano chiuso l'entrata del Tartaro con una roccia durissima ma i tre con molta pazienza riescono ad aprire un varco e dallo stesso esce una luce accecante.

«È il fuoco che crea quella scia ma non è vicino ci sono centinaia di metri prima di giungere nel Tartaro», dice Lucis.

La bolla di sapone creata dalla fatina non poteva resistere molto perché le streghe sono molto forti. Giunge Faracus con in groppa centinaia di piante di peperoncino.

Le streghe si liberano dalla bolla e la prima cosa che fanno è tornare a casa. Si gettano con le loro scope dentro l'Abisso. Non c'è tempo da perdere. Faracus porta le piante e tutti quanti danno una mano per piantarle all'apice dell'abisso, facendo molta attenzione.

Nel frattempo le streghe si accorgono del varco; la stessa Circe non poteva sapere cosa vi era perché quel varco era stato chiuso da sua nonna, la quale non aveva informato nessuno di cosa ci fosse al di là. Circe, incuriosita, manda una sua seguace nel varco. Da questo si sente un urlo spaventoso. Le streghe vanno verso il cielo ma vengono respinte dal forte odore di peperoncino e non possono proseguire.

Circe capisce che per loro, la loro casa, sarà l'esilio. Non hanno più via di scampo: da una parte il Tartaro e dall'altra il peperoncino.

Il bene trionfa sempre sul male. Al castello è festa grande; tutti sono riuniti in un grande banchetto ed anche Brontis vi fa parte, e dà una mano per arrostire la carne con il suo grosso corno.

Non finisce qui: guarda con cura tutti i disegni. Se hai letto bene, nel secondo racconto manca un personaggio che inserirò alla fine e sarà una sorpresa.

Alfio il postino con l'aquila Lucy

Neo

Pan

Il castagno Parlante

La strega Circe

Cari lettori, piccoli e grandi, spero che i miei racconti vi siano piaciuti. Ho fatto governare la meravigliosa Florlin, "Esione", mentre, nella mitologia greca, fu il fratello a rendere florida e a governare la città di Troia, "Isilandia" cioè, Priamo. Spero in futuro di poter regalare a voi tutti un pizzico della mia fantasia: se così sarà, vorrà dire che la mia fiaba avrà raggiunto tutto il globo. Ops! Dimenticavo, ricordate l'incendio nel villaggio di Neo? Piccolo regalo per voi.

Il folletto pompiere

Pagone

Il folletto pompiere, in groppa a Faracus, con la sua speciale sirena, " però ohh! però ohh!" e con tutta la sua squadra, ha salvato buona parte del villaggio, compreso il meraviglioso Castagno Parlante e tutte le costruzioni che il buon Neo aveva con tanta fatica realizzato. E ho detto proprio tutto.

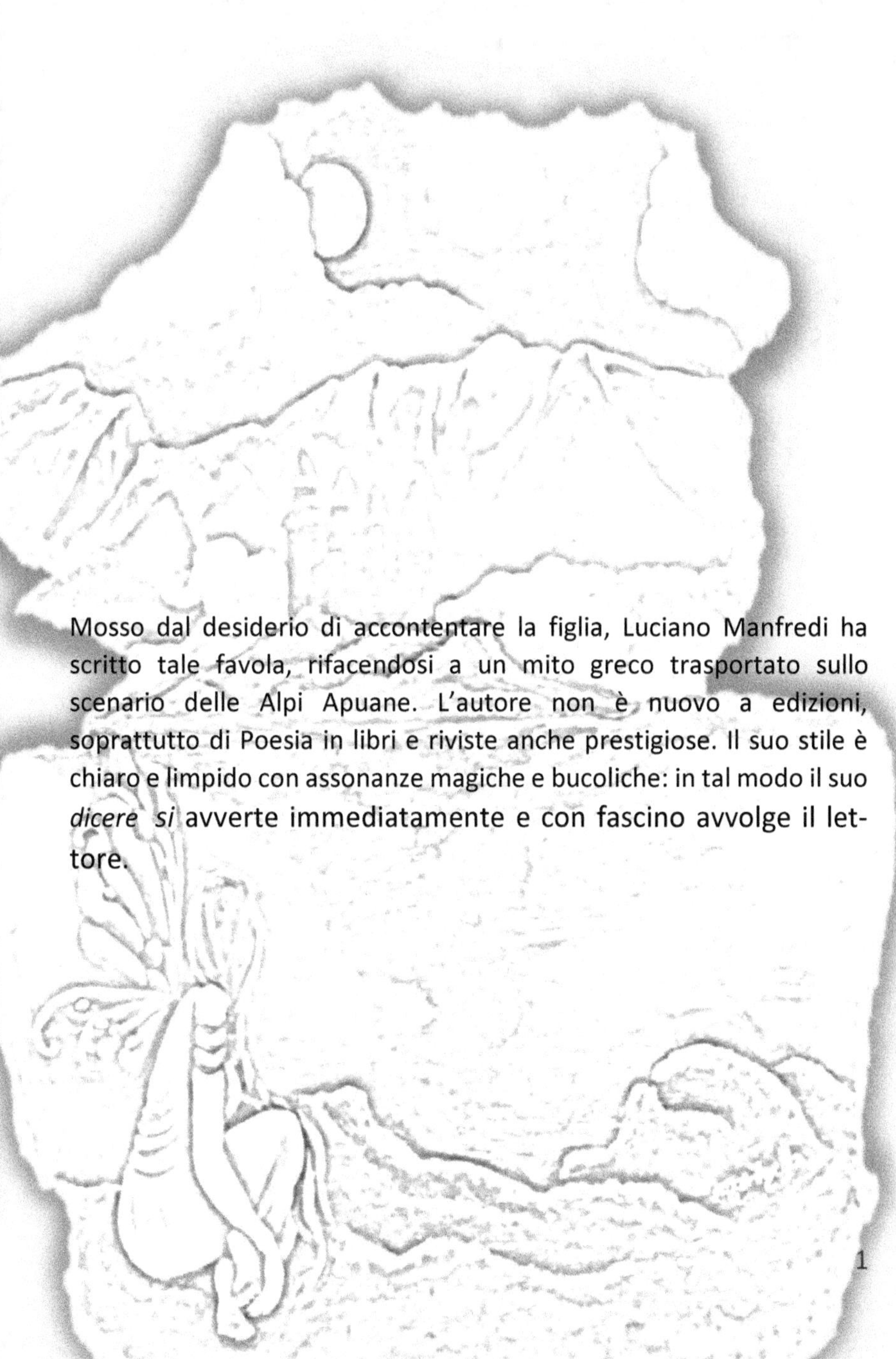

Mosso dal desiderio di accontentare la figlia, Luciano Manfredi ha scritto tale favola, rifacendosi a un mito greco trasportato sullo scenario delle Alpi Apuane. L'autore non è nuovo a edizioni, soprattutto di Poesia in libri e riviste anche prestigiose. Il suo stile è chiaro e limpido con assonanze magiche e bucoliche: in tal modo il suo *dicere si* avverte immediatamente e con fascino avvolge il lettore.

Luciano Manfredi, nato a Massa il 29/04/1969,
ove risiede in
via Camponuovo 8/D.
mail manfrediluciano@yahoo.it –
tel 3923797765.
Autorizzo il trattamento dei miei dati come
prevede il D.Lg. n. 196/2003

In fede

Luciano Manfredi